Sonderausgabe für
der andere Literaturklub
Postfach 10 01 16
D-60001 Frankfurt/Main
Erklärung von Bern
Postfach
CH-8031 Zürich

€5–

BARLEN PYAMOOTOO

BENARES

Roman

Aus dem Französischen
von Barbara Heber-Schärer

Verlag Antje Kunstmann

Eines Tages ist Mayi zu mir gekommen. Es war noch nicht lang her, daß ich dem Laden gegenüber wohnte. Mein Haus hatte nur ein Zimmer, aber es hatte einen Hof, der es größer machte, wenn man die Tür und das Fenster öffnete, und in der Mitte des Hofes breitete sich ein Baum aus, der den Himmel und die Sonne verbarg und den ganzen Tag über Schatten spendete, das war angenehm, wenn es heiß war. Am Hof vorbei verlief ein Trampelpfad, er wurde von Verliebten benutzt oder von Leuten, die ihre Joints rauchen gingen oder davon zurückkamen, der Pfad führte zum Meer und zu einem weiten, abgelegenen Strand. Auch Männer, die tranken, benutzten ihn, aber die rührten sich nicht vom Fleck, sie klebten an dem Laden, der weit weg war vom Meer. Und noch weiter weg lagen die Krankenstation, die Post und Häuser, von denen einige schon lange nicht mehr bewohnt waren, dann kam ein riesiges Zuckerrohrfeld, das das Dorf mittendurch zu schneiden schien, darauf folgten im Gänsemarsch die Schule, das Haus meiner Eltern und das von Mayi.

Es wurde eben Tag, als ich Mayi bemerkte, er ging mit schleppendem Schritt und gesenktem Blick an dem Zuckerrohrfeld entlang, er schien über etwas Tiefes, Wichtiges nachzudenken. Sobald ich ihn sah, ist mir seine Arbeit eingefallen, ich hatte mich gerade rasiert und zog mich an, um zur Arbeit zu gehen. Spöttisch sagte man von ihm, er sei ein Zweitliga-Fischer: er fischte nicht außerhalb der Lagune, wegen der Strömungen, die er nicht ausstehen konnte. Vor der Post ist er stehengeblieben und hat sich umgedreht. Die Sonne fuhr fort zu steigen und sich auszubreiten, während die Straße eine Schrunde durchs ganze Dorf zog wie auf einer gemalten Kulisse, still, regungslos, auch tief: sie schien untergegangen, versunken. Mayi hat ein Taschentuch aus der Tasche gezogen und sich mit äußerster Sorgfalt das Gesicht abgewischt, wie wenn er sich vor einem Spiegel abschminkte, wie wenn er sich streichelte: es sah aus, als ob er sich dabei anschaute. Dann ist er weitergegangen, wobei er der Sonne auswich. Manchmal blieb er unvermittelt stehen oder ging langsamer und sprach kurz mit Leuten, die ich nicht sah, aber die ich mir im Fenster lehnend oder auf der Türschwelle sitzend vorstellte. Die Straße wand sich in Serpentinen bergab, auf beiden Seiten von kleinen Häusern aus Holz und Wellblech gesäumt. Als Mayi an der Krankenstation vorbeikam, bin ich vom Fenster weggegangen und habe mich aufs Bett gesetzt, um in die Hose zu schlüpfen. Als ich wieder aufstand, hatte er die Haustür schon aufgestoßen. Einen Augenblick ist er auf der Schwelle stehengeblieben, mit dem Gesicht zur Decke. Er schien ihre Beschaffenheit zu studieren, so ernst, so eifrig sah er aus. Dann ist er auf mich zugekommen, mit Augen, die schliefen, ein wenig verloren, und hat mich um eine Zigarette gebeten. Er hat einen tiefen Zug genommen und den Kopf nach hinten gelegt, um den Rauch auszustoßen, durch Nase und Mund, und das hat lang gedauert. Es war merkwürdig, wie seine Augen sein Gesicht allmählich erhellten, je länger er den Rauch ausstieß und dieser zur Decke aufstieg. Als er keinen Rauch zum Ausstoßen mehr hatte, hat er die Zigarette ausgemacht und angefangen zu husten. Er hat mit zwei Fingern in die Tasche seiner Shorts gegriffen, ein Taschentuch herausgezogen, das schmutzig und zerknüllt war, und sich die Nase, den Mund und das ganze Gesicht abgewischt. Dann hat er mich mit einem Lächeln angesehen, das ihn noch schöner machte: gestern abend hatte er beim Kartenspiel zweitausend Rupien gewonnen, und er wollte, daß wir für diese Nacht jeder eine Frau mit nach Hause nahmen.

Ich bin gegen fünf von der Arbeit gekommen. Mayi wartete auf mich. Er lehnte an der Tür meines Hauses und rauchte. Aus Nervosität, hat er selbst gesagt und seine Zigarette ausgetreten. Er war gut angezogen, es war das erste Mal, daß ich ihn in Hemd und langen Hosen sah, sonst kannte ich ihn nur in Shorts und Fußballertrikot. Er wirkte älter, vornehmer. Unwirsch habe ich ihn daran erinnert, daß das Taxi erst um sechs kam. Nicht daß er mir auf die Nerven ging, aber ich war angespannt und müde und hatte das Bedürfnis, einen Moment allein zu sein, um die Arbeit zu vergessen. Mayi ließ seinen Blick zum Laden schweifen und ein Gemurmel hören, in dem nur das Wort »sicher« zu verstehen war, dann hat er mich wieder angeschaut und die Achseln gezuckt: »Das ist alles.« Dann ist er nach Hause gegangen, er käme um sechs wieder vorbei. Ich habe geduscht und die Haare gewaschen. Dann zog ich Jeans und ein T-Shirt an, auf dem »Miami« stand. Ich mag Klamotten, auf denen etwas zu lesen ist, das lese ich am ehesten.

Mayi und Jimi sind gleichzeitig angekommen. Wenn ich mir eine Frau nach Hause holte, nahm ich immer Jimis Taxi, er hatte eine Art, die mir sehr gefiel, wie er mit den Leuten redete zum Beispiel, er beschäftigte sich nur mit dem Kern der Dinge. Wir sind gleich losgefahren. Ich saß neben Jimi, Mayi saß direkt hinter mir auf dem Rücksitz. Er redete nicht, vielleicht schüchterte es ihn ein, so eine Tour zu machen, es war das erste Mal. Von Zeit zu Zeit drehte ich mich um, ich wollte mich vergewissern, daß alles in Ordnung war, daß er sich nicht langweilte. Jedesmal schaute er in den Himmel, und er wirkte ganz aufgewühlt.

Kurz vor sieben waren wir in Port-Louis. Wir sind praktisch alle Straßen abgefahren, bis zum Hafen, und das ein paarmal, aber wir sind nur Männern begegnet. Es war zu früh. Da hat Jimi vorgeschlagen, uns nach Pointe aux Sables zu fahren. Er hat gesagt, dort gebe es Frauen, sie stünden an jeder Straßenecke, er hätte das sonst nirgendwo gesehen, so viele Frauen auf einmal: »Ihr schnappt euch zwei, und wir fahren nach Hause.« Wir sind fünfmal durch das ganze Dorf gefahren, und erst beim letztenmal haben wir eine Frau gesehen. Sie stand an einer Bushaltestelle, mit einem Mann, der wohl ihr Zuhälter war. Sie hat uns herangewinkt und gefragt: »Sucht ihr Frauen?« Ich habe ihr geantwortet, wir suchten zwei. Sie hat gesagt, die fänden sich leicht. Ich habe ihr erklärt, es sei zum Mitnehmen. Sie wollte wissen, wohin. Nach Benares, habe ich gesagt. Das hat gewirkt wie eine kalte Dusche. Sie ist einen Schritt zurückgewichen, hat sich brüsk umgedreht und ist zu ihrem Zuhälter an der

Bushaltestelle zurückgegangen. Der hat uns dann gesagt: »Das ist zu weit, Benares, das kennt sie nicht mal.«

»So weit ist es gar nicht...«, aber er muß mich nicht gehört haben, in dem Moment ist ein Bus angekommen, der meine Stimme übertönte. Zwei Frauen sind ausgestiegen. Übrig blieb nur der Fahrer, der es eilig hatte. Mit Vollgas ist er den Hang hinaufgefahren, während die beiden Frauen nacheinander den Zuhälter umarmten. Jedesmal ein langer Kuß. Gelächter, dann sind sie zusammen von der Bushaltestelle weggegangen. Nach ein paar Schritten hat sich der Zuhälter umgedreht und uns zugenickt, zur Ermutigung, glaube ich. Ich habe ihm zugewinkt und ohne Bedauern den Frauen nachgeschaut, die Mühe hatten, den Hang hinaufzukommen. Wie drei Fässer, die bei jedem Schritt umzukippen und wie der Teufel den Abhang hinunterzurollen drohten.

»Und«, hat Jimi mit einem Seitenblick auf Mayi gefragt, »was machen wir jetzt?«

Mayi hat nicht geantwortet. Er hat weiter an seinen Nägeln gekaut, ohne Eile. Er schien in einem

Traum verloren, er hatte einen Blick, wie wenn man seine Gedanken schweifen läßt, verschwimmend, etwas in der Art. Sicher dachte er nach. Er stützte sich auf die Armlehne und schaute in die Ferne. Es sah aus, als ragte er durchs Dach des Autos bis in den Himmel, vielleicht wegen der Straße, die steil abfiel. Der Himmel war eintönig grau. Das war wahrscheinlich auch das Meer und alles, was er unten hätte sehen können, wenn er sich etwas heruntergebeugt hätte. Aber er schaute nur nach oben, in den grauen, eintönigen Himmel.

Ein paarmal habe ich geglaubt, Schritte und Gelächter und einen undeutlichen Lärm zu vernehmen, der sich wie Gesang anhörte, doch so weit mein Blick reichte, waren die Straßen hoffnungslos leer. Da schließlich habe ich aus vollem Hals gebrüllt: »Wo stecken sie denn bloß?«, und hab auf meine Uhr geschaut, als wären wir verabredet. Es war spät, fast acht.

»Vorhin im Hafen hab ich ein Schiff gesehen«, hat Jimi gesagt. »Ein ganz großes und rostiges… Vielleicht ist es heute erst angekommen.«

»Und was ändert das?« Ich verstand nicht, worauf er hinauswollte.

»Das würde erklären, warum man die Frauen nicht sieht«, und er hat die Bäume auf der anderen Seite der Straße und den Himmel darüber betrachtet. »Sie werden nicht ohne die Matrosen ins Spiel gehen, weil die die Preise hochtreiben«, er hat sich langsam umgedreht und im Windschutz eine Zigarette angezündet, »heute nacht werden sie teuer sein, weil selten.«

»Und um wieviel Uhr wird es anfangen, das Spiel?«

Jimi hat lange auf die Uhr geschaut, er muß die Stunden und die Minuten gezählt haben, dann hat er aufgeblickt und mich verlegen angelächelt: »Nicht so bald, die Matrosen sind anderweitig beschäftigt, und noch eine ganze Weile.«

»Schlägereien?«

Jimi hat die Arme geschwungen wie ein Boxer und gelacht: »Bloß um nicht einzurosten.«

»Was machen wir?« fragte nun ich.

Mayi kaute immer noch an den Fingernägeln, nur die Hand hatte er gewechselt, und sein Blick war noch derselbe wie zuvor, jetzt aber auf die Felder, die Häuser, das Meer gerichtet. Man sah den Hafen, aber nicht das große Schiff. Fast hätte ich das zu Jimi gesagt, aber mir ist noch rechtzeitig klargeworden, daß man nicht den ganzen Hafen sah.

In unbeteiligtem Ton hat Jimi gesagt: »Gehen wir zu Meiner Tante.«

Ich kannte Meine Tante nicht, aber man hatte mir schon oft von ihr und ihrem Haus erzählt, das nachts geschlossen war, weil die Frauen, die bei ihr arbeiteten, einen Mann und Kinder hatten, zu denen sie abends nach der Arbeit heimkehrten. Und sicher wüßten die Männer Bescheid, aber sie machten die Augen zu, sie seien zu arm, um auf das Geld zu verzichten, oder zu verfressen. Man hatte mir auch von den Betten in den Zimmern erzählt, die Gestelle aus Beton hatten. Damit sie nicht kaputtgingen, hatte man mir erklärt, bei all diesen Männern, die sich zu heftig bewegten. Ich habe dann noch einmal über Meine Tante und ihr Haus nachgedacht, das sie abends schloß, bestimmt, sagte ich mir, weil auch sie einen Mann hatte. »Stören wir sie denn nicht?« habe ich Jimi gefragt und ihn am Arm gepackt, damit er sich umdrehte. »Weil das Haus doch nachts zu ist.«

»Sie soll uns ja bloß aus der Patsche helfen«, hat Jimi sanft, aber entschieden gesagt, »und uns eine Adresse geben, und selbst wenn sie das nicht kann, vertreiben wir uns zumindest die Zeit, bis die Matrosen fertig sind mit Raufen.«

Wir sind noch einmal durch Port-Louis gefahren. Eine Stadt im Krieg, hätte man meinen können, keine Frau war auf der Straße zu sehen. Bloß Hunde und ein paar Männer, die alle auf denselben Alarm, dasselbe Signal zu warten schienen, um sich zu trennen und auseinanderzugehen. Dann haben wir die Richtung nach Sainte Croix eingeschlagen, wo wir nach einer Tankstelle rechts abgebogen und etwa hundert Meter eine Straße entlanggefahren sind, die gerade asphaltiert wurde, überall standen Schilder, die darauf hinwiesen. »Sieht aus wie Reklame«, hat Jimi gemurmelt, und er hat sich zu mir gebeugt und gefragt: »Wahlen?« Ich wüßte es nicht, habe ich geantwortet, aber es würde mich wundern, ich hätte keinerlei Plakate gesehen, auf denen davon die Rede war. »Mich wundert genau das«, hat Jimi gesagt, »daß es keine Plakate gibt.« Er schien danach zu suchen, denn er ist langsamer gefahren. Es gab schon welche, aber fürs Kino. Jimi hat ein paar Worte gemurmelt, die ich nicht verstand, die aus einer anderen Zeit zu stammen schienen, dann hat er vor einem Haus angehalten, das hell erleuchtet war und einen Garten mit verschiedenfarbigen Rosen hatte. Sicher wegen der Rosen war Licht über jeder Tür und jedem Fenster: damit nichts von ihren Farben verlorenging. Durch den Garten zog sich ein Pfad, er war gerade und schmal und so sauber, daß er genauso leuchtete wie die Rosen. Ich habe das Haus angeschaut und mir die Leute vorgestellt, die darin wohnten, und welche Berufe sie haben mochten. Vielleicht arbeiteten sie in einer Bank oder in einem Ministerium, vielleicht waren sie Geschäftsleute. Ich habe noch über andere Berufe nachgedacht, die weniger verbreitet waren, aber vor allem dachte ich, wie recht sie hatten, Rosen zu lieben. Anständige Leute, wie man so sagt, und ich verstand nicht, warum Jimi vor ihrem Haus angehalten hatte.

»Warum hältst du hier?«

»Weil Meine Tante hier wohnt«, hat Jimi geantwortet.

»Bist du ganz sicher?« Und lange habe ich den Garten, den Pfad und die Blüten betrachtet, die leuchteten. Um jede Rose lag ein heller Schimmer wie um einen Edelstein, und ich konnte mühelos die feinsten Farbnuancen unterscheiden, aber es war mir unmöglich, die unendliche Vielfalt an Gelb-, Weiß- und Rottönen in Worte zu fassen.

»Genau hier«, hat Jimi gesagt und ist ausgestiegen. Er hat auf uns gewartet, um die Tür zur gleichen Zeit wie wir zuzuschlagen. »Damit wir nur einmal Lärm machen«, hat er erklärt.

Wir sind durch den Garten gegangen, schwitzend und wie Schlafwandler, mit kleinen, rhythmischen Schritten, schweigend. Eine Hitze herrschte darin, die schläfrig machte. »Als wär man im Treibhaus«, habe ich zu Jimi gesagt, der sein Taschentuch herausgezogen hatte. Es war ein komisches Taschentuch, ein Modell, das ich nicht kannte: bestickt und kaum breiter als ein Handteller. Er hat sich Gesicht und Unterarme damit abgetupft, dann hat er es sorgfältig zweimal gefaltet, bevor er es in die Tasche zurücksteckte: »Ist am Ende vielleicht sogar eins, bei all den Blumen, all den Lichtern.« Vor der Haustür ist er stehengeblieben und hat gerufen: »Meine Tante! Meine Tante!«

Sofort ging die Tür auf, und eine ältere Frau ist auf der Schwelle erschienen. Das war Meine Tante, wie man sie mir beschrieben hatte, dick und mit einem schmalen, langgezogenen Gesicht. Sie hatte wulstige Lippen, breite Schultern, und ihre Arme und Beine ragten aus ihrem Leib wie massive, kräftige Balken. Ihre Haare waren schwarz und lockig, und ihr voluminöser Busen wölbte sich in einer Bluse im selben Dunkelbraun wie ihre Haut. Ihr Mund stand offen, wahrscheinlich vor Freude über den Besuch. Vergeblich habe ich ihr Alter zu erraten versucht. Ihr Gesicht war voller Falten, aber ihre Augen waren blitzblank geblieben wie die eines jungen Mädchens. Noch jünger erschienen sie mir, als sie Jimi erkannte: plötzlich sprühten Funken darin, flüchtig wie Irrlichter. Sie hat die Hand, die Jimi ihr hinstreckte, ergriffen und sich eine ganze Weile an ihn geschmiegt, danach hat sie uns umarmt, Mayi und mich, indem sie uns beide zugleich an sich preßte. Sie war sehr stark, man hatte mir erzählt, daß sie die Männer verprügelte, die nicht zahlten oder Streit suchten.

»Kommt doch rein«, hat Meine Tante gesagt und auf die Tür gedeutet und ist uns in ein Zimmer vorausgegangen, das auf der Rückseite des Hauses lag. Es war ein furchtbarer Schock, so schroff war der Gegensatz zu den Farben des Gartens: das Zimmer war nicht gestrichen, und der Verputz an den Wänden hatte die Farbe von Schimmel angenommen, eine Mischung aus Grün, Grau und Rotbraun, und zudem roch es nach Zement. Glücklicherweise stand das Fenster offen, ein leichter, aber beständiger Luftzug strich durch das ganze Zimmer, bevor er mit einem regelmäßigen Rascheln auf ein paar halb abgerissene Poster traf. Auf denen war nicht mehr viel zu erkennen, Brüste vielleicht, oder waren es Hintern? Es standen auch ein paar Rohrsessel um einen niedrigen Tisch, auf dem ein Kreis von Plastikgläsern stand, mit zwei Aschenbechern, einer alten Zeitschrift, Prospekten von einem Hotel in Rodrigues und einem gesprungenen Spiegel in der Mitte. Bevor er sich setzte, hat Jimi ein Fläschchen Rum aus einer seiner Hosentaschen gezogen und vier Gläser umgedreht. Aber Meine Tante hat gesagt, sie trinke nur noch sonntags, wegen ihrem Herzrasen. Jimi hat ihr trotzdem ein Glas eingeschenkt: »Für Sonntag« und das Fläschchen wieder eingesteckt. Er hat ihr die Neuigkeiten aus Benares erzählt und von den Leuten, die sie nicht mehr sah, »weil sie keine Zeit mehr haben«, hat er geantwortet, »oder wenn doch, ist's schon Abend, dann ist es zu spät«. Er hat von den Dingen geredet, die sich verändert hatten, von seiner Arbeit, von dem Hotel, wo er Vertretungen machte, und den Touristen, die dort ihre Ferien verbrachten: Deutsche, Franzosen, Italiener und noch andere, aber das waren nicht so viele, und er hat gesagt, wie komisch er sich fühle unter all diesen Weißen, die so freundlich mit ihm redeten, das hätte er noch nie erlebt, Leute, die so viele Fragen stellten. »Seltsam ist das«, hat er gemurmelt und sich mit seinem Taschentuch nachdenklich über die Stirn gewischt, »wie auf einem anderen Planeten...« Nach einem Schweigen, das mir lang und lastend erschien, hat er zu Meiner Tante gesagt, wir suchten zwei Frauen, und zwar zum Mitnehmen. Dann hat er noch hinzugefügt: »Und morgen in aller Frühe bringe ich sie wieder nach Hause.«

»Warum geht ihr nicht zu Mama?« hat Meine Tante mit einem schweren Seufzer gesagt und tatenlos die Poster, den Boden, die Gläser und die leeren Sessel betrachtet.

Mama wohnte am Ende der Strasse. Jimi ist mit dem Auto hingefahren, Mayi und ich sind gelaufen. Direkt an der Straße saßen Leute zum Luftschnappen auf einer Bank oder einem Stuhl und plauderten. Sie verstummten, wenn wir näherkamen, und musterten uns unverhohlen, wie es Nachtvögel tun. Mayi achtete nicht auf sie, er schaute beim Gehen die meiste Zeit nach oben, zu den Tauben, die auf den Dächern der Häuser gurrten, oder zu den Bäumen, die Schatten auf sein Gesicht und, wie es schien, auch auf den Himmel warfen. Die Straße stieg an, bog nach rechts und fiel in leichter Wölbung zu einer mit Häusern übersäten Ebene ab. Ein Pfad ging von der Straße ab, dort, wo sie schmal und kurvig wurde. Dorngestrüpp und Sträucher säumten ihn, und auch er verlief in unregelmäßigen Windungen. Ich bin schnell hineingelaufen, nachdem ich mich umgeschaut hatte. Ich habe Mayi zugerufen, ich bräuchte nicht lang, und an ein Gebüsch gelehnt versucht, schnell zu pinkeln. Über meinem Kopf wirbelten Plastiktüten. Ein paar, wahrscheinlich die gleichen, blieben an den Stromkabeln hängen oder lösten sich bei jedem Luftzug davon. Ich fand, das war genauso schön wie der Flug eines Vogels, genauso reizvoll, und habe es Mayi erzählt, als ich wieder bei ihm war. Er hat mir nicht geantwortet, er betrachtete mit unbestimmt mißmutigem Ausdruck die Windungen des Pfades, und ich fragte mich, ob er mich gehört hatte, er schien so weit weg von mir, so weit weg von dem Ort, wo er sich befand, bestimmt, weil er sich dort nicht wohl fühlte. Ich habe ihm die Hand auf die Schulter gelegt und wie nebenbei gesagt: »Du sagst kaum was… Stimmt irgendwas nicht?«

»Nein, nein«, antwortete er lächelnd. Seine Stimme war sanft und träge. »Ich hab mich noch nie so wohl gefühlt.« Und wie um es mir zu beweisen, hat er seine Hände in den Hosentaschen vergraben, ein paar Schritte auf den Zehenspitzen gemacht, so daß man hätte meinen können, er treibe auf dem Luftstrom dahin, und sich mit einer kleinen Pirouette wieder zu mir umgedreht. Mitten auf der Straße ist er stehengeblieben, mit dem Gesicht zum Himmel: »Glaubst du, es wird regnen?«

»Aber nein«, antwortete ich, die Wolken erschienen mir harmlos, so weit weg am Himmel. »Zumindest im Moment nicht.«

»Und die Frauen?« hat er gefragt und rasch um sich geschaut, als wollte er meinem Blick ausweichen. Dann hat er die Augen geschlossen und den Kopf gesenkt, und einen Moment lang glaubte ich, er sei eingeschlafen. Als er die Augen wieder aufgemacht hat, sah er aus wie aus einem scheußlichen Albtraum erwacht, sein Gesicht war ganz fahl. Seine Lippen bewegten sich, ohne den leisesten Laut hervorzubringen, und seine Augen irrten umher und blinzelten wie die eines verschreckten, gehetzten Mannes. »Ich dachte, es wäre einfacher«, und er hat mich angelächelt, ohne daß seine Lippen sich entspannten, sie bewegten sich weiter.

»Vielleicht sollte ich ihn ein bißchen schütteln?«

fragte ich mich, weil es mir auf die Nerven ging, ihn so ängstlich zu sehen, und das wegen nichts. Ich habe sein Gesicht in die Hände genommen und ihn gezwungen, mich anzuschauen, aber als ich in seinen Augen etwas wie Schmerz sah, habe ich meine Hände auf seine Schultern sinken lassen und mit sanfter, fast singender Stimme gesagt: »Du brauchst dir keine Sorgen zu machen, wir finden bald zwei... Das Geld haben wir, das ist die Hauptsache.«

»Das ist wahr«, und er hat sich auf die Hose geklopft, an der Stelle, wo sich die Taschen mit seinem Geld befanden. Dann hat er plötzlich sein Geschlecht gepackt und gestreichelt, langsam von unten nach oben: »So was haben nicht bloß die Matrosen.« Er hat angefangen zu lachen, und mittendrin hat er den Satz noch einmal gesagt und zugleich mit ein paar Klapsen seine Hose geglättet. Sein ganzer Körper vibrierte, von einem regelmäßigen Zittern geschüttelt, das ihn im Gleichgewicht zu halten schien wie ein Pendel.

Irgendwo in der Ebene dröhnte dumpf ein Motor und gleichzeitig bellte ein Hund, dann weitere Motoren und weitere Hunde. All das tobte wie eine Verfolgungsjagd, in dem Gebell lag etwas Wütendes, Wildes, und auf den Fassaden einiger Häuser und den Umfassungsmauern waren Schatten zu sehen, die sich mit rasender Schnelligkeit fortbewegten, die hinter dem Licht der vorbeiflitzenden Scheinwerfer herjagten. Sobald der Lärm aufgehört hat, sind wir weitergegangen. Die Schatten haben sich zerstreut, winselnd und mit gesenkten Köpfen am Boden schnüffelnd verzogen sie sich wieder in ihren Unterschlupf.

»Es ist wegen Jimi«, hat Mayi nach ein paar Schritten gesagt, »vor ihm kann ich einfach nicht reden«, und er hat heftig nach einer Plastikflasche getreten, die auf der Straße lag, und dann noch einmal nach einer leeren Konservenbüchse. »Wenn du wüßtest, wie peinlich mir das ist…«

Ich habe mich gefragt, wie er darauf kam, mit mir über Jimi zu reden. Laut sagte ich: »Und warum?«

»Weil er doch wie mein Großvater ist«, hat Mayi geantwortet, »vom Alter her, meine ich.« Er hat Kopf und Oberkörper aufgerichtet und mich ratlos angestarrt: »Kannst du dir deinen Großvater und dich zusammen auf so einer Tour vorstellen?«

»Warum nicht?« habe ich gesagt. »Könnte lustig sein.«

»Jedenfalls war's das, warum ich nichts geredet hab.«

»Jimi ist nicht dein Großvater«, habe ich gesagt, »er ist ein Freund. Und er ist gar nicht so alt, wie du denkst, manchmal ist er sogar ein Kind«, und wieder habe ich ihm die Hand auf die Schulter gelegt: »Wenn er zum Beispiel eine Geschichte erzählt, ist dir das aufgefallen, fängt er immer an mit...«

»Ja, ja«, hat er mit einem flüchtigen Nicken geantwortet, »ist mir auch aufgefallen«, und er hat wieder angefangen, nach allem zu treten, was auf der Straße herumlag: Flaschen, Stoffetzen, Blechdosen oder graue Kartonschachteln und zerbrochene oder angeschlagene Teller, die eines Tages zu etwas nütze gewesen waren. »Trotzdem ist's mir peinlich... Verstehst du?«

Arm in Arm sind wir einen Kanal entlanggegangen, der nach ranzigem Öl und Abwasser stank, dann haben wir eine Brücke überquert, gleichzeitig mit ein paar Hunden, aber die sind gerannt. Sie sind zu weiteren Hunden gestoßen, die auf der anderen

Seite auf sie warteten und die ebenfalls gerannt zu sein schienen, ihre Zungen hingen heraus, und sie hatten Schaum vor dem Maul. Sie müssen zusammen die Punkte gezählt haben, dann sind sie plötzlich alle wieder losgerannt, querfeldein durch hohes Gras auf eine Kirche zu. Anscheinend war es ein Etappen-Rennen. Auch Jimi sah zu, wie sie rannten. Er lehnte am Auto und klopfte im Rhythmus des Rennens aufs Verdeck, als spiele er auf einem Instrument. Ich wollte ihn überraschen, ihm Angst einjagen, damit er sich erschreckte wie ein Kind und aufschrie, aber er hat das Laub unter unseren Füßen rascheln hören. Er hat sich umgedreht, in der Ferne läutete die Kirchenglocke, und sobald er uns sah, hat er auf die Uhr geschaut: »Schon neun.«

Ein paar leise Schläge an die Tür, und eine Frau, die Meiner Tante merkwürdig ähnlich sah, hat ein Fenster geöffnet und sich aufs Fensterbrett gestützt. Dasselbe schmale, lange Gesicht, derselbe volle Mund und dieselbe stille, etwas erstaunte Heiterkeit im Blick. Im ersten Moment habe ich an Zwillinge gedacht, und ich bin sicher, Mayi dachte dasselbe, er schien genauso fassungslos, als die

Frau sich aus dem Fenster lehnte. »Mama?« hat Jimi zögernd gefragt. Sie hat mit wissendem Ausdruck genickt. Da ist Jimi zum Fenster gegangen, hat sich auf die Zehenspitzen gestellt und Mama etwas wie »Wir kommen von Meiner Tante« ins Ohr geflüstert. Sie hat ihm ein Zeichen gemacht, zu warten, und das Fenster geschlossen. Dann hat sie die Tür geöffnet und uns in ein Zimmer geführt, das genauso merkwürdig dem von Meiner Tante glich. Es war auch nicht gestrichen und roch genauso stark nach Zement. Nur hingen statt der erotischen Poster drei Bilder von Göttern nebeneinander an einer Wand.

»Das trifft sich gut«, hat Mama gesagt, »ich hab gerade zwei da, die nicht wissen, wo sie heute nacht schlafen sollen.« Beim Sprechen hatte sie sich leicht umgedreht. Sie schaute auf die Wand, wo die Götter-Bilder hingen, und rief in diese Richtung: »Frauen!« Man hörte Türenschlagen, dann Schritte, die sich näherten. Zwei Frauen sind hereingekommen und durch das Zimmer geschritten wie bei einer Parade. Sie sind langsam gegangen, ohne uns anzuschauen, in strammer Haltung, die Arme seitlich an den Körper gelegt, vielleicht um uns Muße zu lassen, sie zu bewundern. Als sie am Ende des Zimmers angekommen waren, haben sie sich so brüsk umgedreht wie ein Militär beim Kehrt-Marsch. Dann haben sie sich an die Wand gelehnt, mit einem lachenden und schalkhaften Ausdruck, wie losgelöst von den Dingen, und uns mit ein paar Seufzern und leichtem Neigen des Kopfes gegrüßt. Trotz Jimis Drängen wollten sie weder trinken noch sich setzen. Die mit dem schönen Lächeln hieß Zelda, Mina sah eher traurig aus, wenn sie lächelte. Vielleicht hatte sie Fieber, sie trug Pulli und Hose und schien erschöpft. Blasse, aber tiefe Ringe unterstrichen ihre Augen, und in ihren Mundwinkeln saß ein Gewirr feiner Fältchen, die ihr Lächeln melancholisch machten, den Tränen nah.

Zelda wirkte jünger, um die Zwanzig. Sie hatte ein Kindergesicht, strahlend, ein Gesicht, auf dem ein zugleich verträumter und spitzbübischer Ausdruck lag. Sie schien für die Nachwelt zu lächeln: ihr Blick war starr, es war, als posiere sie. Wenn sie nicht lächelte, ließ sie ihre Augen herumwandern, sie schien irgendein Geheimnis auf unseren Gesichtern zu ergründen, und jedesmal wenn ich sie direkt anschaute, antwortete sie mit einem so tiefen Blick, daß ich meine Augen von ihr abwandte, er verwirrte mich wie der Tanz zweier Chöre.

»Nach Benares«, hat Jimi kurz, fast grob gesagt.

Zelda hat zuerst schmollend den Mund verzogen, dann ist sie in ein fröhliches, kehliges Lachen ausgebrochen, während Mina unter leisen Seufzern den Kopf schüttelte. Aber Mama hat sich beeilt, sie zu beruhigen: Benares sei das schönste Dorf, das sie kenne, und seine Bewohner nicht so hinterwäldlerisch, wie man behauptete. »Das seht ihr ja«, hat sie gesagt und auf uns gedeutet.

Jimi hat seinen Faden wiederaufgenommen: »Wieviel verlangt ihr?«

»Siebenhundert Rupien pro Frau«, hat Mina geantwortet.

Jimi protestierte: »Sechshundert.«

»Siebenhundert«, hat Zelda nachdrücklich wiederholt und Jimi düster und durchdringend angestarrt. »Es ist für die ganze Nacht, mußt du bedenken.«

»Ja, aber sie ist schon weit fortgeschritten, die

Nacht«, hat Jimi erwidert, ihr den Arm hingestreckt und auf die Uhr gezeigt.

Mayi und Mama schien der Handel nichts anzugehen. Sie schauten beide seitlich aus dem Fenster. Wie zwei Späher auf dem Posten, ihre Augen waren rund und glänzend, und der Kopf konzentriert vorgeschoben. Zwischen den aufgezogenen Vorhängen waren Fliegen zu sehen, die die Scheiben ableckten oder dagegen stießen, und andere, die im Garten von Blüte zu Blüte flogen. Auch Passanten waren zu sehen und Lichtfetzen, die sie jedesmal einhüllten, wenn ein Auto oder ein Moped vorbeifuhr. Auf der anderen Seite der Straße, zwischen einem unbebauten Grundstück und einem Gebäude, das nach Lagerhalle aussah, stand ein altes, ganz windschiefes Haus, an dessen Fenster sich die Silhouetten eines Liebespaars aneinanderdrängten und irgend etwas kauten, während sie den Himmel betrachteten. Und als ich mich etwas tiefer in den Sessel sinken ließ, konnte ich über dem Haus den Mond sehen, der mit kleinen Schritten einen Berg zu erklimmen schien.

»Und wenn ihr uns ein bißchen entgegenkämt?« hat Jimi gefragt.

»Geht nicht«, hat Mina geantwortet, »das ist schon entgegengekommen.«

Ich sagte mir, das sei reell, siebenhundert Rupien, ihre Arbeit ist nicht leicht, außerdem müssen sie Mama Prozente abgeben, halbe halbe vermutlich, und vor allem handle ich nicht gern, also habe ich schließlich gesagt: »Das ist reell, siebenhundert Rupien.«

Das Geld mußte sofort übergeben werden, an Mama. Mayi hat bezahlt und sich dann mit einem langen Seufzer der Erleichterung in seinen Sessel fallen lassen. Er war so froh, daß er alle angelächelt hat, sogar Jimi, der ihn sichtlich verwirrt mit großen Augen ansah. Mama hat die Scheine gezählt, die Mayi ihr gegeben hatte, dann hat sie sich zu mir umgedreht, indem sie ihren Sessel herumschwenkte. Ich habe die Hand in die Hosentasche gesteckt, und einen Moment lang hatte ich Angst, ich würde sie nicht wieder herausziehen können, so einen Ständer hatte ich. Ich habe zu Mama gesagt, das sei so, seit ich Meine Tante gesehen hatte. Das hat sie zum Lachen gebracht. Sie lachte noch darüber, als das Auto anfuhr.

Mayi sass wieder hinter mir, neben ihm Mina und ein Stück weiter, hinter Jimi, Zelda. Mina und Zelda fragten uns über Benares aus, sicher um uns zum Reden zu bringen, uns abzuschätzen und sich zu beruhigen: sie fuhren mit drei Männern weg, die sie zum ersten Mal sahen, und an einen Ort, den sie nicht kannten.

»Es gibt einen Laden«, hat Jimi gesagt, »eine Krankenstation, eine Post, auch eine Schule, aber nur für die Kleinen.«

»Das ist alles?« hat Mina gefragt.

»Und Häuser natürlich«, hat Jimi mit einem Lächeln ergänzt, »und Felder und ganz am Ende das Meer.«

»Aber Geschäfte? Ein Restaurant?«

»Nein, das gibt's nicht in Benares«, hat Jimi geantwortet, während seine Augen über eine Baustelle schweiften, die sich ein paar Kilometer lang an der Straße hinzog. Man sah unregelmäßige Mauern, zu deren Füßen Kabel, Spritzschläuche, Hacken, Schaufeln, Balken und ein paar halb zusammengebaute oder auseinandergenommene Maschinen herumlagen. Wie ein Lagerhaus bei der Plünderung, obwohl überall verstreute Lichter und ein paar stille Silhouetten auf Patrouille zu sehen waren. »Dazu muß man nach Mahébourg fahren, oder besser nach Curepipe, wegen der Auswahl.«

»Ihr seid also nicht viele«, hat Zelda gesagt. »Wie viele seid ihr?«

»Die genaue Zahl weiß ich nicht«, hat Jimi geantwortet. »Ich nehme an, ungefähr zweihundert. Früher waren wir viel mehr, aber früher gab es eine Zuckermühle.«

Zelda hat sich vorgebeugt, sie schien die Sache ernst zu nehmen. Sie hat die Hand hinters Ohr gelegt und gefragt: »Und jetzt?«

»Jetzt«, hat Jimi gesagt, »steht nur noch der Schornstein.« Er hat einen Blick über die Schulter geworfen und leicht den Kopf geschüttelt: »Er sieht aus wie ein Totendenkmal, seit die Besitzer ihn renoviert haben. Das war vor zwei Jahren. Sie hätten das nicht tun sollen, oder sie hätten alles renovieren müssen, ich meine die Post und die Krankenstation, und die Schule natürlich, man muß sich mal anschauen, wie runtergekommen diese Gebäude sind… Sie haben keinerlei Sinn für die Nachbarschaft.«

Sie hatten auch keinen Sinn für Proportionen. Bei der Renovierung hatten sie den Schornstein um mindestens zehn Meter höher gemacht. Jetzt war er grotesk in seiner Maßlosigkeit, er ragte steil über den Feldern auf, die er erdrückte, und über den Ruinen, denen er alle Schönheit nahm…

»Aber warum haben sie ihn denn renoviert?« hat Zelda gefragt. Sie hat ratlos zu mir aufgesehen und mit insistierender Stimme gemurmelt: »Warum?«

Ich habe geantwortet, sicher, damit man sich an sie als Erbauer erinnerte: »Ihre Namen in die Geschichte eingehen zu lassen, das ist ihr ganzer Lebensinhalt.«

»Sie hätten ruhig bescheidener sein können«,

hat Jimi hinzugefügt. »Wenn man bedenkt, daß sie die Mühle zugemacht und ein ganzes Dorf um die Arbeit gebracht haben…«

»Wie lang ist das her«, hat Mina mit schleppender Stimme gefragt, »daß sie die Mühle zugemacht haben?«

»In ein paar Monaten dreißig Jahre«, hat Jimi geantwortet. »Die Besitzer fanden, es gäbe zu viele Mühlen für so wenig Zuckerrohr. Sie haben gesagt, man müßte einige schließen, um die Verluste zu verringern. Ich glaube, es ging eher darum, ihre Profite zu erhöhen.«

»So ist das immer«, hat Zelda vor sich hin gemurmelt und sich mit einem erstickten Klagelaut zurückgelehnt.

Der Fahrer des Autos hinter uns hatte es eilig. Er hat aus Leibeskräften gehupt, er wollte, daß wir Platz machten, damit er uns überholen konnte. Jimi hat abgebremst und ist dicht an den Straßengraben gefahren. Das Auto ist ohne Schwierigkeiten an uns vorbeigekommen, aber der Fahrer hat wieder angefangen zu hupen, ein schwerer Lastwagen, der nicht Platz machen wollte, versperrte ihm den Weg. Da fingen die beiden Fahrer an, sich mit der Hupe zu beschimpfen. Jimi hat auch gehupt, aber er lachte dabei, und er hat gesagt, bei einer Hochzeit sei das auch so. Dann kam eine Kreuzung, und jeder hat eine andere Richtung eingeschlagen. Als sie sich trennten, haben sie alle noch ein letztes Mal gehupt. Ich nehme an, um sich adieu zu sagen, und ich bin sicher, im Grunde war das für alle bewegend. Als Jimi aufhörte zu hupen, ist ein bitterer Ausdruck über sein Gesicht gehuscht, und er hat gespannt um sich geschaut, als überprüfe er etwas. Er ist sich mit der Hand durch die Haare gefahren, hat sie dann wieder glatt gestrichen und sich schließlich linkisch und verzweifelt an die Stirn gefaßt: »Das war eine Tragödie, als die Mühle zugemacht hat; das ganze Dorf war von ihr abhängig… Alle arbeiteten dort.«

»Du auch?« hat Mina gefragt.

»Ich auch«, hat Jimi geantwortet.

»Und was hast du gemacht, als es keine Mühle mehr gab?«

»Ich hab's gemacht wie alle, die dageblieben sind, denn viele sind aus Benares weggegangen, um anderswo Arbeit zu suchen… Ich hab die Hände in die Taschen gesteckt und bin den ganzen Tag durchs Dorf gelaufen, wochen-, sogar monatelang. Ich hab den Himmel und die Berge angeschaut, die Felder und die Mühle natürlich, aber vor allem schauten wir auf die Straße hinaus. Wir warteten darauf, daß jemand von der Regierung käme und uns helfen würde, Arbeit zu finden, oder die Besitzer zur Vernunft brächte. Wir haben einige Zeit gebraucht, um zu begreifen, daß niemand kommen würde. Da hat sich Benares von allen im Stich gelassen, aufgegeben gefühlt…«

»Das muß nicht schön gewesen sein«, hat Zelda gesagt.

»Es war nicht schön«, hat Jimi im selben Zug weitergeredet wie zuvor. »Es war, als gehörten wir nicht mehr zum Land, als hätte das Meer uns plötzlich davon losgerissen und Benares sei eine Insel für sich allein geworden, außerhalb der Welt… Das war wirklich nicht schön, ein ganzes Dorf, das den Boden unter den Füßen verloren hat. Den ganzen Tag lang bloß nach dem Wetter schauen und die Stunden zählen, die verstreichen, und das ging eine Ewigkeit so. Und wenn es Abend wurde, versammelte man sich vor der Mühle und erinnerte sich an die guten alten Zeiten: das Morgengrauen, die noch schlaftrunkenen Augen, aber dann der lange Weg durch die Felder, der begann, und immer dieses Gefühl, eins zu sein mit der Erde, mit den Steinen, die man aufhäufte, und mit dem Zuckerrohr, das man schälte oder schnitt, und dieser berauschende Absinthgeruch, der jedesmal aufstieg, wenn es regnete, unsere schweigenden Schritte durch den Schlamm bis zur Mühle, durch feinen Staub oder wuchernde Schlingpflanzen, und die Mühle, die unser Orientierungspunkt war, man mußte nur nach oben schauen, um darauf zuzugehen und sich nicht zu verirren, wenn das Zuckerrohr einen überragte, aber die Mühle war viel mehr als ein Orientierungspunkt für uns, sie war wie ein Zuhause, ich weiß noch, immer wenn wir uns photographieren lassen konnten, wollten wir uns vor der Mühle knipsen lassen, ich meine, so sehr hingen wir an ihr, und dabei waren die Besitzer nicht freundlich zu uns, man muß sie gesehen und gehört haben, sie waren nur zu dritt, aber sie haben gebrüllt wie hundert, wenn sie ihre Befehle gaben, die auf uns einprasselten wie Beschimpfungen – komisch, wenn ich jetzt dran denke: bevor ich die Touristen kennenlernte, habe ich gedacht, alle Weißen sind böse... Aber man war schnell fertig mit den Erinnerungen an die Vergangenheit, und wenn sie erschöpft waren, hob man die Augen zum Himmel und sah zu, wie die Wolken über die Strommasten und Dächer der Häuser hinweg zu anderen Spitzen und Gipfeln zogen: zu den Bergen. Einmal hat einer, vielleicht um das Schweigen zu brechen oder weil er uns ein bißchen zum Träumen, auf andere Gedanken bringen wollte, gesagt: ›Da, sie haben sich rot verfärbt‹, aber das stimmte nicht, die Berge hatten noch dieselbe Farbe...«

»Und welche Farbe haben sie?« hat Zelda gefragt. Ihre Stimme war merkwürdig verschleiert, fast traurig, und ihre Augen schweiften in die Ferne, kreuz und quer. Sie schien die Berge zu suchen, wahrscheinlich um zu sehen, welche Farbe sie hatten, aber die Nacht war zu dunkel, um irgend etwas zu erkennen. »Ein schönes Blau, wetten...«

»Ein schönes Grau«, habe ich geantwortet, »eines, das blendet.« Ich hätte gern hinzugefügt: »Wie deine Augen«, weil sie voller Funken waren, aber ihre Augen waren schwarz. »Wie ein Himmel, der aufklart«, habe ich gesagt, »wie wenn es aufhört zu regnen.«

»Und du«, hat Mina gefragt und Mayi mit dem Ellbogen angestoßen, »redest du nicht?«

»Ich?« Und er tat, als ob er nachdächte, dann hat er in entschiedenem Ton, wie in der Oper, denn seine Stimme hob sich sprunghaft, geantwortet: »Aber natürlich rede ich!«

Mina hat ihn weiter ausgefragt. Mayi hat gesagt, daß er gern spiele, Karten und Fußball vor allem, und daß er stundenlang spielen könnte, ohne Pause, und es oft täte. Aber lieber Fußball, von den Karten kriege er manchmal Kopfschmerzen.

»Ich habe auch Fußball gespielt«, hat Mina gesagt, »aber nicht lange.«

»Und auf welcher Position hast du gespielt?« hat Mayi gefragt.

»Ich war immer im Tor«, hat Mina geantwortet. »Deshalb hab ich nicht lang gespielt: jedesmal, wenn ich ein Tor kassiert hab, haben sie mich angeschnauzt, dabei hab ich das Ganze nur gemacht, um ihnen aus der Patsche zu helfen, sonst wollte ja keiner Torwart sein.«

»Ich auch nicht«, hat Mayi gesagt, »ich laß mich auch nicht gern anschnauzen, wenn ich spiele, das bringt mich durcheinander, und dann mach ich noch mehr Fehler.«

Mina hat ein unbestimmtes Lächeln angedeutet und neugierig Mayis Gesicht betrachtet. »Ich hab einen Sohn, der spielt auch Fußball«, sie sprach leise, als hätte sie Angst, daß man sie hörte, »er sieht dir sehr ähnlich.«

»Und auf welcher Position spielt er?« hat Mayi gefragt.

»Auf den Flügeln«, hat Mina geantwortet, »mal links, mal rechts, und wenn er den Ball hat, läuft er so flink, allein schon das ist sehenswert, wie er dribbelt und sich um alle herumschlängelt, die ihm den Weg zum Tor zu versperren versuchen, wirklich wie ein Engel…« Sie hatte immer lauter geredet, mit manchmal heftiger Stimme, und nun bebte ihr ganzer Körper. Ihre Schultern vor allem, sie zuckten in nervösen Bewegungen, die sie krank wirken ließen. Wohl um nicht mehr zu zittern, hat sie ihre Ellbogen auf die Knie gestützt und ihr Gesicht in die Hände genommen, dann hat sie Mayi lange angeschaut, als warte sie auf ein Zeichen der Zustimmung, irgend etwas Aufmunterndes von ihm. Aber von ihm kam kein Wort, keine Geste, er schien in Gedanken verloren, sein Blick war fern, fast gleichgültig. Da hat sie ihn mit einer schwachen, monotonen Stimme, weil all dies Schweigen sie erschöpft zu haben schien, gefragt: »Und du, auf welcher Position spielst du?«

»Eigentlich spiel ich im Mittelfeld«, hat Mayi geantwortet, »aber die meiste Zeit steh ich hinten zur Verteidigung, weil alle nach vorn laufen, um Tore zu schießen, außer dem Torwart natürlich...«

»Und die anderen, wenn die nach vorn laufen«, hat Mina gefragt, »kommen die denn nicht mehr zurück?«

»Sie kommen nicht ganz zurück, oder wenn doch, sind sie so müde, daß das nicht mehr groß was hilft, manchmal stören sie mich sogar.«

»Ich an deiner Stelle«, hat Mina gesagt, »würde

es genauso machen wie sie, ich würd auch Tore schießen gehen.«

»Ja, aber das wär nicht fair... Und dann ist da noch der Torwart, ich kann ihn nicht allein lassen, er ist ein Freund.«

»Dann mußt du die Mannschaft wechseln«, hat Mina gesagt, »sonst wirst du nie auf deiner eigentlichen Position spielen.«

Mayi hat langsam den Kopf gewiegt: »Das denk ich auch, aber mein Großvater will nicht, daß ich anderswo spiele als in Benares, er hat Angst, daß ich verletzt werde und nicht mehr arbeiten kann.«

»Und in Benares«, hat Mina gefragt, »wird man da nie verletzt?«

»Nicht so richtig«, hat Mayi geantwortet. »Ein paar Verstauchungen, mehr nicht. Bei einer richtigen Fußballverletzung braucht es manchmal Monate, bis man wieder ganz in Ordnung ist.«

Dann hat sie ihn gefragt, was er arbeite. Er hat geantwortet, er sei Fischer, aber noch nicht lange.

»Da krieg ich auf einmal Hunger«, hat Mina gesagt.

»Das trifft sich ja gut«, hat Mayi geantwortet, »ich hab Fisch zu Hause, er ist schon gebraten.«

»Und du«, hat mich Zelda gefragt, »was arbeitest du?« Sie sah mehr und mehr wie ein Kind aus, das Gesicht natürlich, aber auch ihre Stimme und ihre Gesten, wie sie mich unvermittelt am Arm packte etwa oder den Hals reckte, wenn sie mit mir redete. »Wie alt bist du?« habe ich sie gefragt. »Noch nicht zwanzig?« Sofort hat sie meinen Arm losgelassen und einen Schmollmund gezogen: »Natürlich nicht«, dann hat sie mit Siegermiene die Achseln gezuckt: »Sechzehn, mehr nicht.« Der Ausdruck auf ihrem Gesicht schwankte zwischen Verzückung und Euphorie, aber verhalten. Doch ihr Mund stand offen und gab den Blick auf milchweiße Zähne frei, die sich aneinanderreihten wie lauter Lichtpunkte. »Und du, willst du mir nicht sagen, was du arbeitest?« hat sie leise nachgefragt und sich vorgebeugt, wieder zurückgelehnt und schließlich an Jimis Sitz geschmiegt. Sie roch nach säuerlichen Äpfeln und Waldboden, eine Mischung aus Schweiß und Parfum mit einem Beigeschmack von verwelkten, auf den Grund einer

Vase gesunkenen und vergessenen Blüten. Ich habe geantwortet, ich sei Hilfsmechaniker in einer Autowerkstatt in Mahébourg. Sie hat mir nicht geglaubt, daß ich die Wahrheit sagte, vielleicht weil ich ihr nicht gleich geantwortet hatte, und wollte meine Hände sehen. »Aber sie sind sauber«, hat sie gesagt und die Hände berührt und daran geschnüffelt. »Das sind keine Mechanikerhände.« Ich habe ihr erklärt, daß man jetzt Handschuhe trug, seit ein paar Jahren schon. Sie wollte mir immer noch nicht glauben, aber sie hat gelacht, wie Mina, aus vollem Herzen.

Mein Hals fing an mir weh zu tun, weil ich mich die ganze Zeit umdrehte. Ich habe beschlossen, beim Reden eine Weile nach vorne zu schauen, wie Jimi. Draußen, am Himmel wie auf der Erde, herrschte eine seltsame Atmosphäre der Leere und Unendlichkeit. Wüste, so weit das Auge reichte, hätte man meinen können. Es war wie ein Gemälde, denn die ganze Landschaft lag regungslos, auch wenn sie für uns vorbeiflog. Kein Stern zog durch den Himmel, kein Lüftchen bewegte die Sträucher am Straßenrand oder die Felder in der

Ferne. Nichts als Reglosigkeit in der Luft und die Untätigkeit, die auf uns alle lauerte. Sehr gern wäre ich nicht in dem Auto gesessen, nur lang genug, um es durch diese schlafende Landschaft fahren zu sehen, die es dadurch belebte. Innen ist es anders, die Bewegung ist nicht so spürbar.

Ich habe Jimi gebeten, in Curepipe anzuhalten, ich hatte nur noch zwei Zigaretten. Er hat genickt und gleichzeitig gegähnt, und als er sah, daß ich ihn beobachtete, hat er mir zugelächelt. Zerknittert war sein Lächeln, aus einer anderen Zeit, und unwirklich das Gesicht, das sich im Spiel seiner Falten hob und senkte. Sie waren tief, aber schön anzusehen, wie Wogen. Als er parkte, hat er wieder gegähnt. Er muß nicht viel geschlafen haben in der letzten Zeit, seine Augen waren rot und geschwollen vor Müdigkeit.

»Will jemand was?«

Mina wollte Pfefferminzbonbons, ihr war ein bißchen übel, das sei immer so, wenn sie Auto fahre, und Zelda ein Päckchen Zigaretten, die Marke war ihr egal.

Die Straße glich einem Wartesaal. Männer, zumeist junge, schlenderten herum, aber so wie Leute, die sich im Kreis drehen, in einer Bewegung, die einen kaum voranbringt, die einen sogar gefangennimmt. Sie schienen gleichgültig gegen alles außer ihren Schritten, denen ihre ganze Aufmerksamkeit galt. Vielleicht gingen sie auf den Strich und warteten auf Kunden, die sich verspäteten, Matrosen sind mir eingefallen, die in einer nicht enden wollenden Schlägerei steckten, oder vielleicht hatten sie ganz einfach nicht genug Geld, um anderswohin zu gehen, ins Restaurant beispielsweise. Jedenfalls waren sie nicht sehr gesprächig, manche schienen auch niedergeschlagen – unvermeidlich, wenn man sich im Kreis dreht. Vorwärts, hab ich mir gesagt und die Tür zum Restaurant erst aufzustoßen versucht und dann aufgezogen. »Schon gut«, hab ich zu dem Portier gesagt, der aufgestanden war und sich dann wieder gesetzt hatte. Er war noch ein Kind. Er hatte einen ganz vollen Blick, wahrscheinlich wegen seiner Pupillen, die so groß waren, daß sie mit seinen Augen verschmolzen. Entschuldigend hat er auf seinen Teller gedeutet: Essenszeit. Ich bin die Treppe hinaufgerannt, das

Restaurant befand sich im ersten Stock. Es waren nur drei Gäste da, jeder an einem anderen Tisch. Auch der Wirt war allein, er saß auf einem Barhocker hinter dem Tresen. Er war nachlässig gekleidet, sein Hemd hatte Löcher und braune Flecken am Kragen, und seine Hose war ganz zerknittert und stand da, wo ein Knopf fehlte, offen.

»Guten Abend«, habe ich gesagt. »Könnte ich zwei Päckchen *Bristol* haben?«

»Mit zehn oder zwanzig Zigaretten?«

»Zehn.«

Er hat zwei Päckchen aus einer Schublade geholt, sie mit einem Lappen abgewischt, aber dann auf den Tresen gelegt, der schmutzig und feucht war. Auch der Fußboden war feucht, an manchen Stellen standen sogar Pfützen, und Schaben liefen von einer Pfütze zur anderen. In einer Ecke des Restaurants, bei einer Tür, die zugenagelt schien, standen durcheinander Eimer, Backsteine, Bretter und ein altes Fahrrad, das keine Räder mehr hatte. Daran hingen Kleidungsstücke mit Löchern und braunen Flecken.

»Und zehn Pfefferminzbonbons.«

Während der Wirt die Rechnung machte, hat ein Gast zu ihm gesagt, er gehe kurz raus, aber er bräuchte nicht lang, und ist schlurfend hinausgegangen. Als ich ihn wiedersah, ging er gemächlich die Treppe hinunter und rauchte eine Zigarette. Ich habe ihn angeschaut, als ich an ihm vorbeikam, es war nicht der, an den ich gedacht hatte, einer, den ich in der Woche zuvor bei einem Tanzfest kennengelernt hatte. Er sah ihm nur von weitem ähnlich, und von hinten. Der Portier hat die Tür aufgehalten, sein Teller war weg, und als er mich grüßte, wirkte sein Gesicht ganz nackt: er hatte die Augen geschlossen. »Auch dir gute Nacht«, antwortete ich ihm.

Ich habe mir eine Zigarette angezündet und weiter darauf gestarrt, wir fuhren durch ein Dorf, das ich nicht ansehen mochte, die ganze Straße entlang gab es nichts als Geschäfte, die sich ohne den mindesten Abstand eins ans andere reihten. Jedes Geschäft hatte seine Plakate und Reklameschilder, und jedes Schild war mit knalligen Abbildungen verziert, die ins Auge stechen sollten. Jimi fand es komisch, daß zugleich doch alles trübselig und düster wirkte. Er sagte, das liege am Schein der Dinge, an all dem Künstlichen, Trügerischen. Ich habe die Zigarette weggeworfen, als wir das Dorf verließen und ein paar Autos uns überholten. Sie fuhren sicher zum Flughafen, sie schlugen die Richtung nach Mahébourg ein, wir die nach Britannia. Das ist eine der verlassensten Straßen, die ich kenne. Ich habe dort nur einmal jemanden getroffen, einen Mann, der sich verirrt hatte und den Jimi dann nach Hause, nach Savannah gebracht hat. Ich habe mich ans Fenster gelehnt und mit den Augen die vorbeiziehenden Felder durchforscht. Man sah langgezogene Silhouetten, die der Wind zu Boden drückte oder davontrug wie fliehende Schatten, hie und da Rauch und schwarze Steinhaufen, die den Horizont begrenzten, vor allem aber hörte man alle möglichen Geräusche. Es waren einige darunter, die ich zum erstenmal zu hören glaubte und die mir so geheimnisvoll erschienen sind wie eine unbekannte Sprache. Maulwürfe sind mir eingefallen, Fledermäuse und all die, die im Dunkeln leben. Sogar an Vampire habe ich gedacht und an die Schreie, die sie manchmal ausstoßen. Dann hatte ich genug davon, die Nacht zu erforschen, also habe ich mich zu Jimi umgedreht. Er lenkte das Auto mit ruhigen Bewegungen, während er konzentriert auf die Straße starrte: sie war leer, aber kurvenreich. Ich war drauf und dran, ihm zu sagen, er könnte doch anhalten und sich ausruhen, weil er nicht aufhörte zu gähnen und zu seufzen, aber ich habe den Mund wieder zugemacht und mich umgedreht. Mayi schaute aus dem Fenster in die Dunkelheit. Schweißtropfen perlten auf seinen hohlen Wangen, und in seinen Augen blitzte etwas wie Befriedigung, Vergnügen. Zelda neigte den Kopf zur Seite, lächelte und hörte Mina zu, die halblaut mit ihr redete. Ich weiß nicht, wovon sie redete, ihre Stimme war nur ein zartes, sinnloses Gewisper. Dann verstummte sie, und als sie sich an Mayi schmiegte, hat sich Zelda eine Zigarette angezündet und aufs Feld hinaus geschaut, wo eine Herde weidete, die nicht richtig zu erkennen war. Ich habe gewartet, bis sie sich umdrehte, und gefragt: »Was würdest du machen, wenn du in einem Ort wohnst und weißt, daß es irgendwo in einem anderen Land einen mit demselben Namen gibt?«

Zelda hat die Zigarette aus dem Mund genommen und den Kopf gewiegt: »Vielleicht würd ich dann reisen.« Sie hat verwirrt gelächelt. »Warum?«

»Weil es in Indien«, habe ich gesagt, »einen Ort gibt, der auch Benares heißt.«

Sie hat mich eine ganze Weile angeschaut, mit zugleich leerem und versunkenem Blick, als gingen ihr eine Menge Fragen durch den Kopf, dann hat sie sich zu mir gebeugt, mit dem Mund voran, und in einem Ton voller Neugier geflüstert: »Bist du schon dort gewesen?«

»Letztes Jahr«, habe ich gesagt, »im August.«

»Und wie ist es, dieses Benares? Ist es auch ein Dorf?«

Ich habe gesagt, daß es eine Stadt ist und daß sie den Hindus heilig ist, und ich habe gefragt, ob sie wüßte warum. Ihre plötzlich glänzenden Augen begannen unruhig zu suchen, aber sie wußte es nicht. »Weil die Hindus glauben, daß sie ins Paradies kommen, wenn sie in Benares sterben...«, und ich habe darauf gewartet, daß sie mich mit großen Augen ansähe und staunte oder in wildes Gelächter ausbräche, aber sie hat nur gelächelt und schüchtern den Kopf gewiegt. »Und das ist seit Jahrhunderten so, daß viele dorthin gehen, sobald sie die ersten Vorzeichen des Todes spüren. Sie verlassen Haus und Familie und begeben sich auf eine manchmal lange und beschwerliche Reise, nur um in Benares zu sterben, um sicher zu sein, daß sie ins Paradies kommen…«

»Und wenn einer ein Verbrecher ist«, hat Zelda gefragt, »kommt der dann auch ins Paradies?«

Ich habe geantwortet, natürlich, sogar ein Verbrecher, was zähle, sei nur, daß man in Benares stirbt.

»Das ist ja grausam«, hat Zelda gemurmelt und eine Weile geschwiegen. »Wenn ich an all die Leute denke, die anderswo sterben und keine Verbrecher sind.«

»Grausam ist das nur für die, die ans Paradies glauben. Für die, die nicht dran glauben…«

»Es ist trotzdem ungerecht.«

Ich habe versucht, ihr zu erklären, daß man nicht stirbt, um ins Paradies zu kommen, daß dann gar nichts kommt, aber sie hat nichts davon hören wollen. Sie hat das Fenster heruntergekurbelt und in den Himmel geschaut, der über uns aufklarte. Nur noch ein paar Wolken, die für niemanden bedrohlich waren, sie waren zu weit voneinander entfernt. Und in Richtung Benares? Beim Vorbeugen habe ich Jimi mit dem Ellbogen angestoßen, und als ich mich wieder aufrichtete, noch einmal und härter. Kein einziger Stern, nichts als Dunkelheit, die alles verhüllte, sogar die Linie des Horizonts. Es war verstörend, wie sehr sich der Himmel in so kurzer Zeit hatte verändern können. Aber was mich am meisten aus der Fassung brachte, war Zeldas Schweigen, und ich habe die ganze Zeit darüber nachgedacht, was ich zu ihr sagen könnte, damit sie wieder mit mir sprach. Das Auto kam nur langsam voran, mühsam kroch es einen Hügel hinauf, der zur Hälfte Ackerland war. Als wir oben angekommen waren, beugte ich mich zu ihr und sagte mit meiner gewähltesten Stimme: »Ist doch seltsam, die Sterne, und dabei sind sie aus demselben Stoff gemacht wie wir… Wenn man einen Stern betrachtet, ist es, wie wenn man sich selbst betrachtet.«

Zelda hat sich umgedreht und mich gefragt, ob ich das noch einmal sagen könnte, sie hätte den Anfang nicht verstanden. Sie hat sich zu mir gebeugt und ganz versunken zugehört. Als ich fertig war, blitzte in ihren Augen Belustigung auf, aber sie hat sie schnell mit ein paar Lidschlägen zerstreut: »Du meinst, daß sie ein Gehirn haben wie wir, ein Herz?«

»Könnte sein«, habe ich gesagt, schon halb lachend. »Und warum nicht auch ein Geschlecht?«

Sie hat angefangen zu lachen, wie ich, ein fröhliches, klangvolles Lachen, dann hat sie sich geräuspert und mit aufgerissenen Augen gefragt: »Und Benares, ist das auch so seltsam wie ein Stern?«

Ich habe auf die Uhr und die Straße geschaut, ein flüchtiger, mechanischer Blick jeweils, und gesagt, daß mir in Benares alles seltsam vorgekommen sei: »Überhaupt, an so eine Geschichte zu glauben, du müßtest all diese Sterbenden sehen, die ständig von überallher ankommen. Per Zug, Schiff, Rikscha, Auto, auch im Flugzeug, wenn sie von sehr weit her, aus einem anderen Land kommen. Es gibt sogar Busse aus den Nachbarstädten von Benares, die nur Sterbende befördern, und sie haben sprechende Namen: *Paradies-Expreß, Die letzte Reise, Das Ende.*« Dann habe ich von den Sterbenden selbst geredet und erzählt, wie alt und krank die meisten von ihnen sind, und wie arm.

»Man sieht sie überall, diese Leute, die nur noch auf den Tod warten«, ich habe eine Weile darüber nachgedacht, was man in so einem Fall tun kann, »und während sie warten, lungern sie in den dunklen, verschlungenen Gassen der Altstadt von Benares herum, oder sie sitzen unter riesigen Sonnenschirmen und verbringen die Zeit, die ihnen noch bleibt, damit, den Ganges zu betrachten. Müßiggänger, könnte man meinen, wie am Strand sehen sie aus... Aber vor allem sieht man sie bei den Tempeln und anderen heiligen Stätten, wo sie sich für ein Gebet oder einen Segen anstellen. Sie wirken abwesend, gleichgültig gegen die langen Schlangen, die sich langsam vorwärtsbewegen und manchmal über einen Kilometer lang sind. Um sie herum existiert nichts mehr, weder der Regen noch die Luft, die bloß schwärzlicher Qualm ist, noch die sengende Sonne. Man sieht nur sie, sie sind allein mit ihren Göttern, allein auf einer Erde, die sie nicht mehr zur Welt bringen wird. Sie sind ein bißchen wie die Häuser von Benares, müde, weil sie zu viel erlebt haben, von Hitze und Monsun zermürbt, rissig geworden... Ich rede noch nicht mal von dem ganzen Elend, das sie ertragen müssen, und von all den Ungerechtigkeiten, die ihnen von den Menschen angetan werden, denn du müßtest mal sehen, wie man sie manchmal behandelt. Wie Hunde, die sich um die Reste streiten und die man mit Steinwürfen oder Stockhieben verjagt. Vielleicht sehnen sie sich deshalb nach dem Paradies und machen ihre Götter zu ihrem Brot und Gebet, als wären die die Hoffnung der Erniedrigten, ihre Selbstachtung. Nur im Gedanken an ihre Götter finden sie noch die Kraft zu leben, von einem Tempel zum anderen zu gehen und sich nicht zu ertränken, wenn sie im Ganges baden. Sie würden sich so leicht umkommen lassen, wenn ihre Religion es zuließe.«

»Die Armen«, hat Zelda leise gesagt, »und das kurz bevor sie sterben«, und noch leiser, fast flüsternd: »Das ist wirklich trostlos, sich in so einem Alter von Resten zu ernähren und behandelt zu werden wie ein Hund und noch andere Qualen zu ertragen, du hast ja nicht alles gesagt…«

Wir waren wie zwei alte Freunde, die sich nach langer Trennung wiedergefunden hatten, zwei Reisende, die sich auf ihrer nächtlichen Fahrt gerade über ihr Umherirren ausgetauscht, einige Erinnerungen miteinander geteilt hatten. Und ich habe mir gesagt, daß es sicher die Geschichten sind, warum man reist, damit man denen, die man liebt, etwas zu erzählen hat. Während ich in meinen Taschen wühlte und Feuerzeug und Zigaretten hervorzog, schaute ich zerstreut aufs Meer und die Wiesen voller Steine und schlafender Rinder am Ufer. In der Ferne blinkten blasse, sich bewegende Lichter wie schwimmende Feuer. Signale unter Fischern, die beim Schmuggeln waren, habe ich gedacht. Wer sonst um diese Zeit? Ich habe eine Zigarette angezündet und sie Zelda hingehalten. Sie hat einen tiefen Zug genommen und sie mir kopfschüttelnd zurückgegeben: »Ich habe einen bitteren Geschmack im Mund.«

Draussen war alles grau. Die Straße, die Felder, die Häuser und sogar die Menschen. Und man darf sich nicht den kleinsten roten oder blauen oder gelben Fleck vorstellen, auch die Flecken waren grau. Aber es war doch kein eintöniges Grau, an manchen Stellen war es leuchtend, anderswo golden oder fast schwarz oder grün. Und alles war harmonisch. Sogar die Geräusche, und dabei glichen sie sich ganz und gar nicht. Geräusche von Menschen, die miteinander redeten, kämpften und umfielen. Geräusche von Fahrrädern, zerbrochenem Glas und Lastwagen, die mit großem Getöse fuhren. Geräusche von Hunden vor allem, sie kämpften genauso wie die Menschen, mit demselben Ingrimm, und sie stießen dieselben Klagelaute aus, wenn es vorbei war. Und der Motor, der anfing zu dröhnen, sobald Jimi abbog und Abkürzungen nahm. Und der Wind, der an den Türen rüttelte, und die Reifen, die bei der kleinsten Kurve quietschten. All das machte schläfrig, erzeugte das Gefühl, sich im Kreis zu drehen. Vielleicht, weil die Straßen etwas Unendliches, Labyrinthisches hatten. Vielleicht auch, weil ich müde war und es eilig hatte, heimzukommen. Ich habe an das Haus gedacht, an den in Dunkelheit versunkenen Hof und die Hunde, die dort sicher herumlungerten. Und wenn es regnete? Dann brauchten sie nur unter dem Baum Zuflucht zu suchen und einstweilen um den herumzulaufen. Einen Moment lang bin ich mit ihnen drum herumgelaufen, dann habe ich beschlossen, ein bißchen zu schlafen und die Müdigkeit zu vergessen, aber kaum hatte ich die Augen zugemacht, rüttelte mich jemand am Arm. Nicht Jimi jedenfalls, er war ganz damit beschäftigt, die Straße zu beobachten. Ich habe den Kopf zur Seite geneigt und über die Schulter geschaut. Es war Zelda. Sie wollte wissen, ob ich den Einwohnern von Benares gesagt hatte, daß es auch in unserem Land einen Ort gibt, der genauso heißt.

Eine ganze Weile habe ich sie nur angeschaut, ohne irgend etwas zu denken, als hinge ich im Leeren. Nach und nach sind mir das Haus, der Baum und die Hunde wieder eingefallen, und ich habe ein paarmal genickt: »Ja, aber ich habe es nur einigen gesagt, denen, die mir gefallen haben und mit denen ich reden konnte.« Zelda hat mich zuerst angelächelt, dann hat sie plötzlich die Stirn gerunzelt und mich mit großen, anklagenden Augen angeschaut. Sie schienen mir vorzuwerfen, daß ich nicht genug gesagt hatte. Aber was konnte ich ihr noch erzählen? Ich habe mein Gesicht von ihr abgewandt und die Straße betrachtet, die von den Scheinwerfern schwach erhellt wurde. Ich habe mir den Ganges vorgestellt, das Sandelholz und die verwelkten Blumen, die langsam den Fluß hinabtreiben, dann ein paar Gesichter von Leuten, die niederknien und den ganzen Tag beten, und von Sterbenden, die draußen schlafen, die man aus einem Sterbehaus gejagt hat, weil sie nicht zur richtigen Kaste gehören, und die Kleider, die sie tragen, wenn sie tot sind, die gleichen wie die Kinder, die Girlanden verkaufen und von Pilgern und Touristen ein paar Rupien erbetteln. Alles war in der gewohnten Ordnung wieder vor mir aufgetaucht. »Und manchmal frage ich mich«, habe ich gesagt und mich umgedreht, »ob ich nicht nur ihretwegen nach Benares gefahren bin, damit sie eines Tages die gleiche Reise machen.«

»Und«, hat Zelda gefragt, »wie war das für sie?«

»Es hat ihnen sehr gefallen«, habe ich gesagt. »Einer von ihnen war ganz hingerissen, als er es erfahren hat, es war wie die Entdeckung eines unbekannten Landes für ihn. Jedesmal, wenn wir uns trafen, sagte er, nie wäre ihm eingefallen, daß es ein zweites Benares geben könnte, er fände es erregend, daß zwei Orte, die so weit voneinander entfernt liegen, die so verschieden sind, denselben Namen tragen, und auf einmal sei er stolz darauf, in einem von ihnen zu wohnen, vielleicht weil er das Gefühl hatte, sich der Welt zu öffnen, gewissermaßen einem Netz anzugehören, das ihm ziemlich weitgespannt und irgendwie geheim vorgekommen sein muß, von dem er jedenfalls bis dahin keine Ahnung gehabt hatte...«

»Ich kann verstehen, daß er ganz aus dem

Häuschen war«, hat Zelda gesagt. »Auf mich hätte es genauso gewirkt, allein schon der Gedanke, was man sich da noch alles ausmalen kann.«

»Es gab auch einen, der sagte, er sähe jetzt alles doppelt. Vermutlich meinte er, wie ein Betrunkener oder so. Jedenfalls erschien ihm die ganze Geschichte noch seltsamer als das Paradies... Und natürlich baten mich alle, immer weiter von dem anderen Benares zu erzählen, das sie nicht kannten.«

»Und was hast du ihnen erzählt?« hat Zelda gefragt.

»Alles mögliche«, habe ich geantwortet. »Zuerst, was man sieht, bevor man ins Dorf kommt, wenn man es von weitem erblickt. Ich habe von der Mühle und von der Straße erzählt, die zu ihr führt. Von der unermeßlichen Weite der Felder und von den Dächern einiger Häuser, die das Zuckerrohr überragen. Vom Meer in der Ferne und dem ebenfalls unermeßlichen Himmel. Dann habe ich vom Dorf selbst erzählt. Von der Schule, dem Laden und den Häusern, die so weit weg liegen vom Meer. Und von den Leuten natürlich, wie sie leben und was sie arbeiten und wie sie die Zeit mit Nichtstun verbringen, weil in Benares nichts los ist... Manchmal bin ich so mit Fragen bestürmt worden, daß ich nicht mehr wußte, was ich antworten sollte, ich hatte das Gefühl, alles gesagt zu haben, also log ich, ich erfand Landschaften, auch damit sie ihre eigene Phantasie in Gang setzten. Ich erzählte ihnen vom Himmel bei Gewitter, wenn er vor Blitzen platzt wie ein Abszeß, oder vom Meer im Sommer, wie man es anschaut, wenn es monatelang nicht geregnet hat, wenn den ganzen Tag nur die Sonne scheint, und ich sagte, wie es dann einem riesigen Spiegel gleicht, es glänzt und strahlt den Himmel zurück...«

»Die haben ja wohl nächtelang gedauert, eure Gespräche«, hat mich Mina unterbrochen und dann mit einer dünnen hohen Stimme hinzugefügt: »Ich, ich würde mir wünschen, daß mir jemand erklärt, wie es zu den zwei Benares gekommen ist.« Sie hat mich weiter angestarrt und sich dabei am Kopf gekratzt, sie schien sich an ein schmerzliches Erlebnis zu erinnern, das ihr immer noch nachging. Sie hatte einen unschuldigen

Blick, einen Blick, meine ich, den ich an ihr nicht kannte, er war zugleich traurig und grimmig, wie der eines wilden Tieres, das angegriffen und verletzt worden ist.

Ich habe Kopf und Schultern gewiegt, in einer einzigen Bewegung, wie wenn man zwischen verschiedenen Antworten schwankt, aber meine Stimme klang vollkommen sicher: »Das ist vor langer Zeit passiert, vor über zweihundert Jahren.«

»Ja, aber wie?« hat Mina mit einer Stimme gefragt, die vor Ungeduld zitterte.

Ich habe die Augen ein wenig abgewandt und gelogen: »Das ist zu lange her, als daß man sich richtig daran erinnert«, dann habe ich mich in den Sitz zurücksinken lassen, plötzlich fühlte ich mich fertig, erschöpft und traurig, als sei irgend etwas zu Ende.

Der Regen hatte aufgehört, aber man roch ihn noch in der Luft, und der Himmel hing so tief, daß er alles abzuflachen schien, sogar die Berge. Immer noch zogen Felder vorbei, mit ihren Vogelscheuchen, schimmernden Kanälen und Pfaden, die in der Dunkelheit verschwanden. Wir sind einen

Fluß entlanggefahren, an Unterholz und einem Wasserturm vorbei, der mitten in einer Maisplantage aufragte, dann sind wir nach Savannah gekommen. Durch das am Hang gebaute Dorf zog sich ein Gewirr von hohlen, buckligen Gassen mit Häusern zu beiden Seiten, die sich ins Tal neigten. In einer der nicht ganz so dunklen Gassen lehnten zwei Männer an der Auslage eines Ladens. Sie schauten zwei anderen zu, die unter einem Baum hockten und im Licht einer Straßenlaterne Karten spielten. Sie schienen zu warten, bis das Spiel zu Ende war, wahrscheinlich um mit den anderen zusammen ein neues anzufangen. Sie hatten alle vier abgespannte Gesichter, die mir vertraut vorkamen, aber ich hatte nicht genug Zeit, um ganz sicher zu sein. Aus der nächsten Straße schoß plötzlich ein Hund mit schlaffem Fell. Er sah aus wie ein alter Löwe, in seinem Nacken sträubten sich weiße Haare, die wie eine Mähne wirkten. Er hat uns verfolgt bis zum Dorfausgang, dann hat er von uns abgelassen wegen eines anderen Autos, das hupend aus der Gegenrichtung kam. Er fing wieder an zu rennen und zu bellen, aber heftiger als zuvor, sicher weil die Insassen des anderen Autos ihn herausgefordert hatten, indem sie auf ihre Art kläfften und schauerlich heulten. »Kann man nicht etwas anderes hören?« hat Zelda gefragt. Jimi hat das Radio angemacht, aber nicht für lange, es kamen nur Männer, die miteinander redeten, und das über Dinge, bei denen wir schwer folgen konnten. »Wir hätten von Anfang an zuhören müssen«, hat Jimi gesagt und das Radio ausgemacht. »Aber ich muß sowieso anhalten und volltanken«, und ein paar Meter weiter an einer Tankstelle hat er angehalten. Mina und Zelda sind ausgestiegen. Sie wollten ein bißchen laufen, sich die Beine vertreten. Während sie um die Tankstelle herumgingen, zogen sie ihre Kleider zurecht und schauten auf ihre Füße. Sie kamen an einem unbebauten Grundstück und ein paar Häusern vorbei, dann überquerten sie auf der Höhe einer blassen, einsamen Straßenlaterne die Straße und sind plötzlich hinter einer Kurve verschwunden.

»Warum hast du ihnen gesagt«, hat Mayi gefragt, »daß du in Benares in Indien warst?«

»Keine Ahnung«, habe ich geantwortet. »Es hat

mich einfach so überkommen… Hätt ich nicht sollen?«

Mayi hat die Schultern gezuckt und das Gesicht verzogen, aber er hat mir nicht geantwortet.

Ich habe das Fenster heruntergekurbelt und zu der Tankstelle geschaut. Es war ein altes Gebäude in der Form eines umgedrehten Eimers, es war ganz rund, und nach oben hin verjüngte es sich leicht. Zwei Männer standen in der Nähe der Eingangstür, mit dem Rücken an einen offenen alten Jeep gelehnt. Der eine trug einen hellen Anzug und war sehr redselig. Der andere war dick und trug Lackschuhe, eine graue, eng anliegende Hose und ein weißes, orangegestreiftes Hemd, das über der Brust offenstand. Er hatte die Hände auf dem Rücken und hörte ständig nickend zu. Er würde nichts einzuwenden haben, das war klar. An der weißen Wand, direkt über dem großen Fenster, waren Spuren von schmierigen Fingern, Dreck und Ruß zu sehen. In einem der Räume der Tankstelle saß ein alter Mann mit dunkler Haut und runden Wangen hinter einem riesigen Metalltisch. Er schrieb oder rechnete, über ein großes Heft und ein paar lose Blätter gebeugt. Mit der einen Hand, in der er den Bleistift hielt, bedeutete er uns zu warten, während die andere mit akribischer Sorgfalt die Blätter und das Heft zusammenräumte.

»Hast du eine Vorliebe?« hat Mayi gefragt und mit dem Finger auf Mina und Zelda gezeigt, die langsam die Straße heraufkamen.

»Nein«, habe ich geantwortet. »Und du?«

Seine Augen funkelten lebhaft: »Mina gefällt mir sehr.«

»Das ist gut«, habe ich in frohem Ton gesagt. »Mir gefällt Zelda genauso.«

Jimi wiederholte für Mina und Zelda die Namen der Dörfer, durch die wir kamen, aber was man von ihnen sah, waren nur erleuchtete Türen und Fenster und graue Schatten, die über Mauern und Fassaden strichen. Die Häuser schienen unbewohnt, seit Jahren verlassen. Aber diese Umrisse an den Mauern, der Lichtschein an den Türen? Gespenster, habe ich mir gesagt, die Nacht ist von Gespenstern bevölkert. Der Gedanke war absurd, aber nicht absurder als Jimis Litanei. Wenn wir zwischen zwei Dörfern waren, beugte er sich aus dem Fenster und sah zu den Bergen, die langsam von links nach rechts vorbeizogen. Vielleicht suchte er dort nach einem Sinn für den Namen, den er gerade gesagt hatte, oder auch einen kurzen Moment der Ruhe, bevor er sich wieder in seine Geographie stürzte.

»Und ihr«, habe ich Mina und Zelda gefragt, »kommt ihr aus Sainte-Croix?«

»Ich ja«, hat Mina geantwortet und Zelda angeschaut, die schon nickte: »Sie ist aus Pamplemousses.«

»Den Ort kenn ich gut«, habe ich gesagt. »Ich hab einen Freund, der dort wohnt, ganz nah bei der Kirche.«

»Wie heißt er?« hat Zelda gefragt. »Vielleicht kenn ich ihn.«

»Samuel«, habe ich gesagt. »Kennst du ihn?«

Zelda hat den Namen wiederholt und dabei die Silben gedehnt, dann hat sie verlegen den Kopf geschüttelt: »Wie sieht er aus? Hat er lange oder kurze Haare?«

»Ein paar Zähne fehlen ihm«, habe ich gesagt, »die oberen vor allem, und er hat ziemlich lange Haare mit einem Scheitel, der meistens schief ist. Und wenn er geht, ist er ganz krumm wie ein Buckliger, sein ganzer Körper neigt sich zum Boden, ich weiß nicht warum, man meint immer, gleich fällt er, aber er fällt nie… Na, keine Idee?«

Zelda hat sich zu mir gebeugt: »Samuel wie?«

»Ich weiß nicht«, habe ich geantwortet. »Ich hab ihn nie danach gefragt.«

»Weißt du wenigstens, wo er arbeitet?«

»Er ist Maurer«, habe ich gesagt, »aber das kommt drauf an, manchmal verkauft er auch Gemüse oder Obst auf dem Markt.«

Zelda hat den Kopf geschüttelt: »Wirklich, keine Idee... Es ist so lange her, daß ich zu Hause war«, und sie hat angefangen, an den Fingern abzuzählen: »Über sechs Monate... Aber ich werd fragen, wenn ich das nächste Mal hinfahre.«

»Ich mag diesen Ort sehr«, habe ich gesagt, »vor allem nachts, wenn niemand mehr draußen ist. Man fühlt sich dann wie in einer richtigen Wüste.«

Zelda hat sich die Haare zurückgestrichen, die ihr in die Augen fielen, sie hat sich zu mir umgedreht und dabei ihre Handtasche geknetet, mit einem Gesicht, das sie sich bemühte freundlich erscheinen zu lassen: »Ich mag keine Wüsten: es ist zu heiß dort, und man begegnet nie einer Menschenseele.«

Die Landschaft war jetzt nur noch eine weite Ebene, ohne Relief, als führe man auf der Horizontlinie. Ich habe zwei Zigaretten angezündet, eine davon für Jimi, und auf die Straße geschaut und an den nächsten Tag gedacht, ich fragte mich, ob ich arbeiten gehen sollte oder nicht. Ich könnte sagen, ich sei krank, ich hätte eine böse Grippe erwischt. Ja, aber ich bin sicher, mein Chef wird mir nicht glauben und mir's übel nehmen, vielleicht sogar mit Kündigung drohen. Soll er mich doch entlassen. Ich werd schon eine andere Werkstatt finden oder eben den Beruf wechseln. Aber weder Fischer noch Gärtner. Ich hab zuviel Angst zu ertrinken, und ich bin sicher, daß mein Kopf platzen würde, wenn ich lange in der Sonne arbeiten müßte. In aller Ruhe dachte ich über den Beruf des Klempners nach, zum Beispiel wieviel ich im Monat verdienen könnte oder in welchen Dörfern ich nach Kunden suchen sollte, als draußen plötzlich Schreie ertönten, sie klangen wie lautes Fiepen, kurz und ziemlich durchdringend. Wahrscheinlich ein verletztes Tier, das klagte und um Hilfe schrie. Ich habe gedacht, ein Hund, der von einem Auto angefahren worden ist, und wie das wohl ist, überfahren und einfach liegengelassen zu werden. Ein paar Kilometer weiter war wieder dieser Klageschrei zu hören. Das kam mir komisch vor, er folgte uns ja wohl nicht. »Was ist das?« habe ich Jimi gefragt. Er hat das Fenster heruntergekurbelt und die Straße und ihre Umgebung gemustert wie jemand, der nach Indizien sucht. Er muß eines gefunden haben, denn er hat sich mit einem Lächeln, das sein Gesicht aufhellte, zu mir umgedreht: »Das ist eine Treibjagd, mit diesen Schreien wird den Jägern signalisiert, daß ein Wild in der Nähe ist. Aber ich weiß nicht, was für ein Wild genau. Ein Hirsch vielleicht, oder ein Wildschwein.«

»Treibt das die Tiere denn nicht in die Flucht, derart durchdringende Schreie?«

»Ich glaube eher, es lähmt sie«, hat Jimi geantwortet und angefangen zu niesen, dann zu husten, und nachdem er sich an die Stirn gefaßt hatte, hat er aufgehört zu lächeln: »Ich frag mich, ob ich nicht Fieber habe.«

»Du solltest ein Pfefferminzbonbon nehmen«, schlug Mina vor, und sie hat darauf bestanden, daß er es sofort nahm.

Jimi hat das Bonbon gekaut und gesagt, daß er

sich schon viel besser fühle. »Wirklich«, hat er hinzufügt, und wie um sie zu beruhigen, hat er eine Melodie gepfiffen, die sich in der ganzen Ebene auszubreiten schien, so fröhlich und so tief war das. Nach einer langen Kurve, die er geschnitten hatte, bog er plötzlich links ab und schrie: »Benares!« Das war ein Knall wie am Ende eines Spiels, wie wenn man fertig ist mit Pauken.

»Unermeßlich, die Felder«, hat Zelda gesagt. »Man sieht bloß sie und den Himmel, und die Straße natürlich.«

Die Straße glich einer Römerstraße. Breit und gerade. Und von blühendem Zuckerrohr gesäumt.

»Das da ist der Schornstein der Mühle«, hat Jimi gesagt, während er abbremste. »Wie findet ihr ihn?«

»Wirklich wie ein Totendenkmal«, hat Mina geantwortet und ein leichtes Zittern in ihre Stimme gelegt. »Es jagt mir Schauder über den Rücken.«

Von der Mühle selbst war nur der Boden übrig. Er war an manchen Stellen rissig, aber sauber, als hätte man ihn gerade gekehrt und aufgewischt. »Da spielen wir Fußball«, habe ich gesagt, »und vor jedem Spiel entfernen wir alles Stroh, das von den Feldern herüberkommt«, und ich habe auf die Pfosten gezeigt. Hinter einem konnte man ganz Benares sehen.

Die Übersetzung wurde mit Mitteln des Auswärtigen Amtes gefördert von der Gesellschaft zur Förderung der Literatur aus Afrika, Asien und Lateinamerika

Titel der Originalausgabe: *Benares*
Umschlaggestaltung: Michel Keller, München, unter Verwendung eines Fotos von Alex Webb
Satz: Schuster & Junge, München
Druck + Bindung: Clausen und Bosse, Leck
ISBN 3-88897-351-1
1 2 3 4 5 • 06 05 04